AF466910

LA

BATAILLE DE LA MOSKOWA,

OU

L'ORPHELINE DE LA BÉRÉSINA.

PIÈCE MILITAIRE, HISTORIQUE,

En trois actes mêlés de couplets, et en deux tableaux.

DÉDIÉE A LA VIEILLE ET A LA JEUNE ARMÉE.

par

GARDENTY,

vieux Grognard, aux Invalides.

PRIX : 1 franc.

Chez tous les libraires et marchands de nouveautés.

1840.

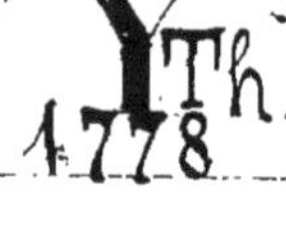

SOUVENIRS

D'UN VIEUX

GROGNARD.

Chers Lecteurs ! en livrant au public la bataille de la Moskowa ou l'Orphéline de la Bérésina, pièce militaire, historique en 3 actes et 2 tableaux, précédée d'un prologue ou épisode de l'an V, et terminée par une marche triomphale où tous les trophées de notre gloire militaire sont couronnés par la Victoire, c'est-à-dire, un abrégé de nos victoires et revers, ne croyez pas, du moins, trouver en moi un auteur ni un poëte éloquent. Je ne suis ni l'un ni l'autre ; en me lisant, il vous sera facile de reconnaître un vieux Grognard de l'ex-garde impériale, actuellement à l'Hôtel des Invalides.

Depuis la défense héroïque de la redoute du Col de Montenotte le 14 germinal an 4 ; (11 avril 1796) commandée par le brave Rampon, je n'ai eu qu'une clarinette de cinq pieds pour plume et un sabre pour combattre les ennemis de la patrie. Si vous l'aimez, lisez mon livre ; vous saurez ce que j'ai vu et entendu dire au Petit Caporal ; vous n'en serez pas fâché, car avec moi : un chat est un chat.

Mon but est de prouver au monde entier, à la vieille et à la jeune armée, ainsi qu'à cette belle jeunesse qui fait l'espoir de la France, que nos phalanges invincibles n'ont succombé que par les élémens et la trahison, ainsi que je le prouve par des faits authentiques.

Amis, Lecteurs, mon livre est à la portée de tout le monde. Nos vieux soldats, tout couverts de cicatrices et de lauriers, se verront dans ces beaux jours de gloire parcourant en vainqueurs les Capitales de l'Europe, les jeunes en Afrique, nos intrépides marins au Mexique, le peuple reconnaîtra sur les champs de bataille ses frères, ses amis, les vieillards leurs fils, les enfans diront avec orgueil : Mon père était là ! Et toi, beau Sexe, je ne t'ai pas oublié ! tu connais aussi l'amour de la Patrie, dont tu fais l'ornement. Tu joues un beau rôle dans ma pièce. Mon Orpheline de la Bérésina, et sa mère la vivandière de la Piava t'intéresseront, et surtout les malheurs du grand Napoléon ! Tu sauras ce que peut enfanter l'amour de la gloire et de la liberté !

Si vous achetez mon livre, faites-en souvent lecture à votre famille, elle apprendra à chérir son pays ! mais si au récit de tant d'héroïsme et de revers, une larme mouille votre paupière, mettez la main sur votre cœur, et dites à vos enfans : *Ils sont morts pour la Patrie !......*

Si MM. les Directeurs de Paris ou de la Province désiraient faire représenter ma pièce, je me ferais un plaisir d'y faire les changements convenables à leur théâtre.

PROLOGUE.

ÉPISODE DE 1797.

PERSONNAGES

DU

Prologue.

BONAPARTE, général en chef de l'armée française.

BALLAND, général commandant la citadelle de Véronne.

BELLEGARDE.
MEERFELD. } généraux autrichiens.

FIORAVANTI, général vénitien.

Deux aides-de-camp, français.

Un officier d'ordonnance vénitien.

OUVRAI, grenadier français.

AUGUSTINE, jeune vivandière.

Armée française.

Et vénitienne.

PROLOGUE.

Episode de 1797.

Le théâtre représente l'armée française au Bivouac, à la pointe du jour, dans les montagnes de la Carinthie, près de la ville de Judemburg. A droite du spectateur, sur les hauteurs, des postes sont placés de distance en distance; l'infanterie est couchée par terre, leurs fusils en faisceaux d'armes; la cavalerie a mis pied à terre, plusieurs sont couchés tenant la bride de leurs chevaux par la main, des vedettes sont placées près d'une rivière, (la *Piava.*) Sur le devant du théâtre, on aperçoit le général Bonaparte, assis sur un affût de canon, sa tête appuyée sur sa main droite, fixant une carte qu'il tient sur ses genoux. Des drapeaux pris à l'ennemi sont en trophée à ses côtés. Un grenadier en faction est près de lui.

SCÈNE 1e

Le général BONAPARTE. (*seul.*)

L'armée autrichienne est en pleine déroute, elle a été battue sur toute la ligne, Masséna, l'Enfant chéri de la Victoire, à Tarvis, par une manœuvre habile a fait mettre bas les armes au corps d'armée du général Bayalitsch, cette division s'est rendue prisonnière, en entier, quatre généraux, dix mille hommes, vingt cinq pièces de canon et quatre cents charriots chargés de bagages, sont tombés au pouvoir des français!

Joubert, par une marche rapide, s'est emparé de Trente, et des défilés du Tyrol, demain nous seront sous les murs de la Capitale de l'Autriche. Je saurai bien forcer ce gouvernement orgueilleux à venir implorer la paix. (*Il se lève droit en regardant l'armée et s'appuyant sur son sabre.*) Tout est calme, ils reposent ces braves, ils en ont besoin. Avec quelle intrépidité, généraux, officiers et soldats, ont combattu dans une saison si rigoureuse, oh ! que le Grand Frédéric connaissait bien la Nation française, lorsqu'il disait : *Si j'étais roi de France, il ne se tirerait pas en Europe un coup de canon, sans ma permission.* Un jour, ces paroles seront réalisés. (*Il se promène devant le factinnaire qui lui présente les armes.*)

SCÈNE IIe.

Le général BONAPARTE et OUVRAI.

BONAPARTE.

Te voilà en faction, Ouvrai ; ne va pas t'endormir comme le lendemain du passage du Pont d'Arcole.

OUVRAI.

Mon général, vous nous avez appris, à braver le sommeil comme la mitraille.

BONAPARTE.

Ton chef de demi-brigade m'a fait ton éloge, tu t'es distingué dans plusieurs affaires.

OUVRAI.

Je n'ai fait que mon devoir.

BONAPARTE.

Je te nomme maréchal-des-logis dans mes Guides.

OUVRAI.

Merci, mon général.

BONAPARTE (*à part*).

Il n'est pas sot. (*Haut*) Tu as fait quelques études ?

OUVRAI.

Oui, mon général, dans la ville où vous avez perfectionné les vôtres.

BONAPARTE.

Tu la nommes....

OUVRAI.

Valence, en Dauphiné.

BONAPARTE (*en s'éloignant*).

Il a raison, j'étais alors sous-lieutenant d'artillerie; je dévorais tous les livres que je pouvais me procurer.

SCÈNE IIIe.

Le général BONAPARTE et un AIDE-DE-CAMP.

L'AIDE-DE-CAMP.

Mon général, voici le jour. Fera-t-on battre la diane?

BONAPARTE.

Non, il n'y aura que les avant-postes qui prendront les armes. (*L'aide-de-camp le salue, et va faire exécuter ses ordres*).

SCÈNE IVe.

BONAPARTE, OUVRAI et AUGUSTINE.

AUGUSTINE. (*Elle vient offrir la goutte au factionnaire*).

Prends-tu la goutte, grenadier?

OUVRAI (*en lui faisant signe*).

Porte-là au Petit Caporal.

AUGUSTINE (*s'approche du général, et lui dit d'un air décidé, en lui présentant un petit verre*).

Citoyen Petit Caporal, prends-tu la goutte? C'est du chenu....

BONAPARTE (*souriant*).

Qui t'a si bien dit mon nom?

AUGUSTINE.

Mon père était un de ceux qui, après le passage du Pont de Lodi, vous donnèrent ce grade.

BONAPARTE.

Où est-il ton père ?

AUGUSTINE.

A l'Hôtel des Braves Invalides. Il a eu son bras gauche emporté par un boulet au passage du Pont d'Arcole.

BONAPARTE.

Es-tu mariée?

AUGUSTINE.

Je suis encore trop jeune.

BONAPARTE.

Comment! tu es seule, sans protecteur au milieu de mon armée!

AUGUSTINE.

Seule et sans protecteur? Ne suis-je pas sous la sauvegarde du drapeau de la 51e demi-brigade; depuis le chef jusqu'au tambour, se ferait tuer pour sa petite vivandière.

BONAPARTE (*à part*).

L'honneur et l'innocence se sont réfugiés aux armées. *Haut*). Vas donner la goutte à tous les avant-postes. Tu le mettras sur mon compte.

AUGUSTINE.

A la première affaire, je le mettrai sur celui de l'ennemi. (*Elle porte la main à son chapeau*). Au revoir, citoyen Petit Caporal. (*Elle va servir la goutte aux avant-postes*).

SCÈNE Ve.

BONAPARTE (*seul*).

Elle est charmante!

(*Une ordonnance à cheval apporte une lettre au général. Il l'a décachète et lit haut*).

« Le peuple de la Terre-Ferme des états de Venise s'est « révolté, dans Vérone, nos malades et nos blessés sont « massacrés ; le général Balland s'est retiré avec sa troupe « dans la citadelle. Le sénat, ces nobles altiers, ont enfin « déchiré le voile qui les couvraient. Les traitres! »

(*On entend la trompette*).

SCÈNE VIe.

BONAPATE, un AIDE-DE-CAMP.

L'AIDE-DE-CAMP (*entrant au grand trot*).

Mon général, deux parlementaires autrichiens, les généraux Bellegarde et Meerfeld, demandent à parler au général en chef.

BONAPARTE.

Conduisez-les à mon bivouac. (*L'aide-de-camp sort*).

SCÈNE VIIe.

BONAPARTE (*seul*).

Ils viennent sans doute me demander une suspension d'armes pour gagner du temps. Je ne serai point dupe de cette ruse de guerre.

SCÈNE VIIIe.

BONAPARTE, les généraux BELLEGARDE et MEERFELD.

(*L'aide-de-camp entre suivi des deux parlementaires à cheval, un bandeau sur les yeux ; Bonaparte lui fait signe de leur ôter. Ils descendent de suite et viennent saluer Bonaparte*).

Le général BELLEGARDE.

L'empereur d'Autriche, François II, notre maître, nous

envoie vers vous, monsieur le général, pour vous demander un armistice afin de traiter de la paix.

BONAPARTE.

Je ne doute pas un seul instant de la bonne foi de l'empereur votre maître ; mais son gouvernement nous a trompé tant de fois, que je veux des ôtages ou je marche sur Vienne.

Le général BELLEGARDE.

Génèral, demandez-en, et vous les obtiendrez.

BONAPARTE (*avec dignité*).

La république est l'amie de toutes les nations ; malheur aux rois qui ont la folie de lui faire la guerre. Le peuple français attache plus de prix à la victoire par les injustices qu'elle lui permet de réparer, que par la vaine gloire qui lui en revient. Dans une heure, à votre quartier-général, je vous ferai connaître mon ultimatum. (*A son aide-de-camp*). Conduisez ces messieurs avec tous les honneurs dûs à leur rang. (*Les deux généraux saluent le général Bonaparte ; ils montent à cheval, et l'aide-de-camp les reconduit*).

SCÈNE XIVe.

Le général BONAPARTE (*seul*).

BONAPARTE.

Enfin l'Italie sera libre ; le comté de Nice sera réuni à la France, ainsi que les Pays-Bas.

SCÈNE X[e].

BONAPARTE, deux SÉNATEURS, un AIDE-DE-CAMP.

L'AIDE-DE-CAMP (*à cheval*).

Mon général, deux membres du sénat de Venise demandent à vous être présentés.

BONAPARTE (*avec véhémence*).

Qu'on me les amène. (*L'aide-de-camp sort*). C'est au milieu de mon armée qu'ils entendront leur sentence.

On amène à l'instant un cheval blanc, il monte dessus, tire son sabre et commande le roulement. On entend le tambour et les trompettes; l'armée prend les armes, tous les postes viennent se reunir à elle; l'infanterie s'aligne à droite et à gauche du théâtre. Il leur fait porter les armes, la cavalerie se place au fond. L'aide-de-camp entre suivi de deux sénateurs en grand costume; ils marchent à pied, traversent au milieu des soldats, et s'arrêtent devant le général Bonaparte.)

UN SÉNATEUR.

Citoyen général, le sénat suprême de Venise vient par notre voix vous exprimer les regrêts bien sincères des malheurs que nous avons à déplorer. Quelques Français ont été tués.

BONAPARTE (*avec force*).

Dites assassinés! Vous avez violé les lois les plus sacrées des nations.

UN SÉNATEUR.

Si quelques millions pouvaient réparer....

BONAPARTE (*vivement*).

Non, non; tous vos trésors, tous ceux du Pérou, ne pourraient payer le sang d'un seul de mes soldats! Mes frères d'armes seront vengés. Il n'est pas un brave de mon armée qui, chargé de cette noble mission, ne sente doubler son courage et ses forces; le sénat de Venise a répondu à nos généreux procédés par la plus noire des perfidie, allez lui dire que si, à l'instant, il ne fait pas arrêter et consigner en mes mains les auteurs de l'assassinats, l'heure de la fin de son règne a sonné.

(*Les deux sénateurs sortent*).

SCÈNE XIe.

Le général BONAPARTE (*à son armée*),

« Soldats! En dix-sept jours vous avez franchis ces hautes montagnes, dernier rempart de l'Autriche; vous avez battu et dispersé sa quatrième armée commandée par un de ces premiers généraux ; vous avez surpassé ces phalanges romaines : elles faisaient quinze lieues par jour, vous en avez fait vingt, et vous vous êtes battus dans l'intervalle ; vous avez mérité de la patrie, elle vous en sera reconnaissante. On nous demande la paix, nous la ferons digne d'une grande nation! Avant de déposer les armes, nous avons des frères à venger. On assassine dans les hôpitaux nos malades et nos blessés. Soldats! le sang français coule dans Vérone ; marchons, volons à leur secours.

(Ces dernières paroles doivent être dites par le général avec énergie, en tirant son sabre et le brandissant en l'air. Il se porte de suite à la droite de son armée, qui défile pas accéléré, tambours et musique en tête, en faisant le tour du théâtre Tous les chefs sont à leur poste, chaque peloton a son drapeau et le numéro de sa demi-brigade. Tel : 2e légère, la 11e de ligne, la 13e, la 18e. la 32e portera sur son drapeau la *Terrible*, et la 75e : *Elle arrive et bat l'ennemi !*

La vivandière marchera avec la 51e. Lorsque l'armée aura défilé, elle viendra traverser la rivière *à gué*. Le général la passe le premier, et attend de l'autre côté que toute la troupe ait suivi son exemple. La cavalerie passera la dernière Au moment que la 51e la traverse, un soldat nommé Albert est entraîné par le courant. Le général s'écrie au secours! De suite la jeune vivandière quitte son petit baril, se jette à la nage, ramène le soldat au général et elle disparait. Quand toute la troupe sera rentrée dans la coulisse, il y aura un changement à vue. Tout disparaît sur le devant du théâtre, le fond s'ouvre et laisse apercevoir, un peu à droite du spectateur, la ville de Vérone, avec la citadelle qui la domine. Un drapeau français flotte dessus. Au pied des remparts, on voit une rivière (l'*Adige*), un pont la traverse et aboutit à la porte principale, un drapeau vénitien est dessus le rempart. Des canonniers sont à leurs pièces, mèche allumée. A gauche on voit une redoute garnie de canons, occupée par les Vénitiens. On voit sortir de la ville l'armée vénitienne, leur général en tête, elle traverse le pont et vient se mettre en bataille près de la redoute).

SCÈNE XIIe.

Le général FIORAVANTI (*haranguant sa troupe*).

Braves Vénitiens! le général Bonaparte et son armée sont bloqués dans les montagnes du Tyrol, la division du général autrichien Laudon vient à notre secours, demain elle entrera dans la ville, nous attaquerons en force la citadelle. Il faudra bien que ces Français mettent bas les armes : alors point de quartier. (*Les soldats répètent*) Point de quartier.

SCÈNE XIIIe.

Un OFFICIER d'ordonnance et le général FIORAVANTY.

L'OFFICIER.

Mon général, l'armée française, commandée par le général Bonaparte, attaque nos avant-postes et marche sur la ville. Je viens vous demander des renforts.

FIORAVANTY.

Ce diable de Bonaparte est donc partout. Soldats, marchons au devant de l'ennemi.

(Il se met à la droite de sa troupe, tambours en tête, et se dirige du côté de la fusillade qu'on entend dans le lointain. Elle redouble. Le canon se fait entendre. un instant après les soldats vénitiens battent en retraite. Leur général arrive, leur fait prendre position sur la redoute et place sa cavalerie à la tête du pont. On entend battre la charge. Le général Bonaparte arrive à la tête de son armée, et la fait manœuvrer pour attaquer la redoute. Des pelotons font feu sur les Vénitiens; le combat s'sngage de part et d'autre. Le général Bonaparte commande à des colonnes serrée de l'enlever. A l'instant les soldats croisent la baïonnette, les tambours battent la charge, montent sur les retranchements et culbutent les Vénitiens. Une partie met bas les armes. les autres se sauvent du côté du pont. Alors le général Bonaparte commande à sa cavalerie de charger celle des Vénitiens, qui, après une faible résistance, se rend prisonnière. Leur général vient remettre son épéo au général Bonaparte.

Pendant que le combat a lieu, une autre scène se passe. Deux grenadiers français, blessés, viennent tomber sur le devant dn théâtre; la jeune vivaudière accourt pour les panser; lorsque trois Vénitiens fuyards, dont l'un porte un drapeau, aperçoivent la vivaudière et veulent l'emmener. Elle se débat, lorsque le grenadier Albert vole à son secours, d'un coup de fusil en blesse un, qui va tomber dans la coulisse. et avec son sabre, attaque les deux autres qui, leur sabre en main, se défendent. La vivandière voyant le grenadier Albert en danger, court prendre le sabred'un des grenadiers blessés, fond sur celui qui porte le drapeau. Aloas un combat au sabre s'engage. Albert blesse à mort le Vénitien qui chacnelle et qui va tomber dans la coulisse. La vivandière a blessé le Vénitien à la main en lui faisant tomber son sabre ; de snite elle jette le sien et saisit le drapeau de ses denx mains. Le Vénitien en fait autant et lutte un instant avec elle ; mais celle-ci le force à lâcher son drapeau en le faisant tomber sur le dos. De suite elle lui met le pied sur la gorge, et avec la pique du drapeau le tient en respect. Le Vénitien vaincu demande grâce. Elle lui tend la main, le relève et le conduit au général Bonaparte. Elle veut aussi lui remettre le drapeau, mais le général lui fait signe de le garder).

SCÈNE XIV.

Le général BONAPARTE un AIDE-DE-CAMP.

BONAPARTE. (*à son Aide-de-camp.*)

Allez sommer la ville de se rendre à l'instant ou je la fais bombarder.

(Cet aide-de-camp part de suite avec deux trompettes et un drapeau blanc, traverse le pont et s'arrête près des remparts ; les trompettes sonnent, la ville répond, alors on aperçoit les insurgés sur les remparts, l'aide-de-camp leur dit à haute voix :)

Au nom du général-en-chef Bonaparte, je viens vous sommer d'apporter les clefs de la ville, ou à l'instant on va la bombarder.

(Pour réponse on aperçoit un capucin qui place un drapeau noir sur les remparts ; avec un transparent où on lit: MORT AU XFRANÇAIS ! L'aide-de-camp s'en retourne et va rendre compte de ce qu'il a vu au général Bonaparte, qui ordonne à l'instant de tirer sur la ville. Une fusée part de la redoute pour avertir la citadelle de faire feu ; ce qui est exécuté. Des bombes sont lancées sur la ville, tant de la citadelle que du camp français ; la ville riposte. les bombes se croisent, on entend sonner le tocsin, la porte s'ouvre. une nuée d'insurgés armés de pied en cap en sort ayant à sa tête un capucin sur un cheval blanc, elle traverse le pont en courant, attaque le camp des Français, qui la repoussent et la poursuivent la baïonnette aux reins, et entrent pêle-mêle avec elle dans la ville. Le capucin à cheval, qui a voulu protéger la retraite des insurgés, est attaqué par le maréchal-de-logis des guides, Ouvrai: un combat singulier s'engage au sabre, lorsqu'Ouvrai, s'approchant de son adversaire, le saisit par le corps, l'enlève de dessus son cheval, le place sur le devant du sien, et regagne au galop le camp français. Cette scène doit se passer au même instant qu'on se bat dans la ville. Tout-à-coup une explosion se fait entendre, c'est la poudrière des insurgés qui saute et qui doit faire l'effet d'un bouquet d'artifice ; quand il a fini, un profond silence règne partout, on aperçoit sur les remparts de la ville des soldats français qui enlèvent le drapeau noir ainsi que le transparent, et mettent à leur place un drapeau tricolore.

SCÈNE XVe

Le général BONAPARTE et le général BALLAND.

BALLAND. (*sort de la ville, à cheval, et vient au camp français.*)

Mon Général, la ville est soumise, nos soldats, après avoir vaincu et désarmé les insurgés, se sont rendus dans les hôpitaux ; là, d'un air morne et silencieux, ils ont contemplé les restes inanimés de leurs camarades, et l'âme navrée de douleur, ils ont pardonné à leurs assassins.

BONAPARTE,

Je les imiterai. La clémence est l'apanage des guerriers français. C'est la plus belle victoire qu'ils puissent remporter. Nos ennemis pâliront au récit de tant d'héroïsme. Général, allez faire rendre avec pompe, les derniers honneurs militaires à ces nobles victimes ! (*Le général rentre en ville.*)

SCÈNE XVI.

Le général BONAPARTE. (*à son armée.*)

Soldats ! mon devoir m'appelle au chateau de Campo-Formio pour signer les préléminaires de la paix. Elle vous permettra de revoir notre belle patrie ! Rentrez au sein de vos familles, vos mères, vos éponses, et vos amantes répèteront avec fierté : *Il était de l'armée conquérante d'Italie* !

Auparavant de me séparer des braves que je commande, j'ai un devoir à remplir, bien cher à mon cœur, envers la jeune et courageuse vivandière de la 51e demi-brigade. Amenez-la moi.

(Ici l'armée défile au pas ordinaire, tambours et musique en tête, devant le général Bonaparte, qui est descendu de cheval et s'est placé avec son état-major sur une petite hauteur, à gauche du spectateur. Un général à cheval conduit la troupe. Le dernier peloton sera des grenadiers de la 51e demi-brigade, leur chef au centre. Les grenadiers portent en triomphe la vivandière sur un brancart de branches de chêne, elle est assise dessus, tenant à la main le drapeau qu'elle a pris à l'ennemi.

Quand l'armée aura fait le tour du théâtre, elle viendra se placer de manière à faire tableau à la fin.

Le peloton de grenadiers qui porte la vivandière s'arrêtera à une petite distance du général Bonaparte et la descendra. Le chef de demi-brigade lui présentera la main, la conduira aux pieds du général, et viendra reprendre son poste).

Le général BONAPARTE (*s'adressant à la vivandière*).

Citoyenne Augustine! jeune encore, par ton courage et ton dévouement, tu as égalée ces femmes héroïques de l'antiquité; tu as prouvé, ainsi que les braves de mon armée, ce que peut enfanter l'amour de la patrie et de la liberté; nos Françaises répéteront ton nom avec orgueil. Reçois de ton général en chef ce collier d'or (*il l'ôte de son cou et le passe à celui de la vivandière*). Reçois au nom de l'armée cette couronne civique! (*La vivandière met un genou en terre, et le général Bonaparte lui place sur la tête une couronne de chêne*).

(A l'instant le canon se fait entendre, toute l'armée présente les armes. Les soldats placés sur les remparts de la ville et de la citadelle, mettront leurs chapeaux au bout de leurs baïonnettes, et crieront: VIVE LE GÉNÉRAL BONAPARTE! en signe de leur allégresse.

Fin du Tableau et de l'Épisode.

LA

BATAILLE

DE LA MOSKOWA,

OU

L'ORPHELINE

DE LA BÉRÉSINA.

PIÈCE MILITAIRE, HISTORIQUE,

En trois actes mêlés de couplets, et en deux tableaux.

DÉDIÉE A LA VIEILLE ET A LA JEUNE ARMÉE.

par

GARDENTY,

vieux Grognard, aux Invalides.

PRIX : 1 franc.

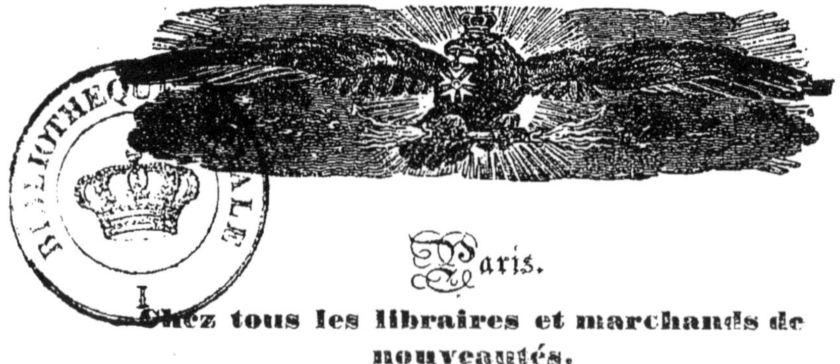

Paris.

Chez tous les libraires et marchands de nouveautés.

1840.

PERSONNAGES

Le père OUVRAI, maréchal-des-logis-chef des grenadiers à cheval de l'ex-garde impériale, actuellement invalide (décoré), un coup de sabre à la tête.

RENAUD, sergent invalide (décoré), amputé d'un bras.

JANIN, brigadier invalide (décoré), jambe de bois, vrai troupier.

JULIEN, fils du père OUVRAI.

M. DE PEZENAS, gentilhomme gascon.

HORTENSE, orpheline, et fille adoptive du père OUVRAI.

LOUISE, servante.

M. et Madame BEQUILLE, et la suite d'une noce.

ACTE 1er.

(Le théâtre représente l'intérieur d'une salle de traiteur de la Barrière de l'Ecole Militaire, appartenant au père OUVRAI, à l'enseigne *du vieux grognard*.

Au fond, une porte et deux croisées sont ouvertes, et laissent apercevoir un jardin).

SCÈNE Ire.

LOUISE (*seule. Elle entre avec des bouteilles, des verres et des serviettes à la main*).

Mettons bien le couvert, arrangeons-le bien proprement. C'est aujourd'hui la saint Invalide, il n'y a pas à plaisanter avec M. Ouvrai, ce n'est pas un militaire comme les autres. Il faut l'entendre lorsqu'il vous raconte ses vieilles guerres, ça vous parle comme un livre. C'est à cette table qu'il reçoit ses vieux grognards, c'est ainsi qu'il les appelle. Dieu de Dieu, les aime-t-il, ces anciens militaires! Je les aime bien aussi, mais c'est lorsqu'ils sont jeunes, et qu'ils portent la moustache comme ces beaux hussards. Ils sont à croquer (*Elle écoute*). J'entends mademoiselle Hortense. C'est elle qui est heureuse! Messieurs les officiers et adjudans de l'Hôtel lui font la cour. On dit qu'ils sont malins.... Mais, bernicle, elle n'aime que M. Julien, le fils de M. Ouvrai. Il le mérite bien, il est si bon. C'est dommage qu'il soit parti pour le pays des Bedoins. Aussi elle est bien triste.

SCÈNE IIe.

Mlle HORTENSE et LOUISE.

Mlle HORTENSE.

Louise, Louise, mais vous n'y pensez pas, voilà dix heures qui sonnent, mon père va bientôt revenir de la revue,

2.

et rien n'est encore préparé. (*Avec émotion*) C'est aujourd'hui l'anniversaire de la bataille de la Moskowa.... Souvenirs hélas ! bien cruels pour moi ! (*Elle essuie une larme*) C'est un jour consacré à ses meilleurs amis. Il viendra déjeûner avec MM. Renaud et Janin, ses vieux frères d'armes de la garde impériale. Allez, Louise, que tout soit prêt, je n'aime pas que mon bienfaiteur attende ; il est si bon pour moi. Sans lui, grand Dieu ! que serai-je devenue ?

LOUISE.

J'y vais, mademoiselle.

Mlle HORTENSE.

Louise, le facteur a-t-il apporté une lettre ?

LOUISE.

Non, mademoiselle. (*Elle sort*).

SCÈNE IIIe.

Mlle HORTENSE (*seule et rêveuse*).

Voilà un mois qu'on n'a pas reçu de nouvelles de Julien, l'ami, le compagnon de mon enfance ; « Je pars demain de Bone, disait-il dans sa dernière lettre, dans six jours nous serons devant Constantine, et dans huit le drapeau d'Austerlitz flottera sur ses remparts. » Il a du courage, ciel ! s'il allait y succomber.

Air : *Du noble éclat du diadème.*

Qui prendrait soin de son vieux père ?
Moi seule, hélas ! c'est trop souffrir.
Dieu d'amour, ah ! sois-nous prospère,
Ou laisse-moi d'ennui mourir.
Viens près de moi, reviens, mon frère,
Victorieux de ce combat.
Dieu puissant. entends la prière } *bis.*
De l'orpheline du soldat. }

Voici mon père et ses amis.

SCÈNE IVe.

Le père OUVRAI, RENAUD, JANIN et Mlle HORTENSE.

(*Les trois premiers entrent par la porte du jardin en chantant et se tenant par le bras.*)

Air : *de la Parisienne*.

Vers la table marchons,
Débouchons les flacons,
Buvons jusqu'à ce qu'ils soient vides ;
Honneur aux braves invalides.

LE PÈRE OUVRAI.

Bonjour, ma fille. (*Il l'embrasse au front*).

Mlle HORTENSE.

Bonjour, mon père.

RENAUD (*ôte son chapeau et salue mademoiselle Hortense*).

Toujours fraîche comme le printemps !

JANIN (*saluant mademoiselle Hortense*)

Aussi jolie que Cupidon. Hein ! comme c'est tapé !

LE PÈRE OUVRAI.

Hé bien ! ma bonne Hortense, as-tu pensé au déjeûner

Mlle HORTENSE.

Oui, mon père ; on va vous servir. (*Elle sort*).

SCÈNE V^e^.

Le père OUVRAI, RENAUD et JANIN.

LE PÈRE OUVRAI.

Allons mes vieux Grognards, à table !

RENAUD, JANIN (*ensemble*).

En avant, marche ! (*Ils se dirigent vers la table et s'asseyent*).

LE PÈRE OUVRAI (*lui versant à boire*).

J'éprouve une émotion bien douce quand je vois à la revue notre brave gouverneur, l'ami, le confident du Grand-Napoléon! Il mourra comme Bayard, sans peur et sans reproche. A sa santé!

RENAUD.

A celle de notre général commandant, et du colonel-major.

JANIN.

A celle de nos vieux lapins.

SCÈNE VIe.

Les précédens, LOUISE (*apporte un plat sur la table. Elle sort*).

LE PÈRE OUVRAI.

A la vôtre, mes camarades; c'est aujourd'hui l'anniversaire de la bataille de la Moskowa (*choquant leurs verres*). A la mémoire des braves qui ont succombé en ce jour glorieux.

RENAUD.

Il y faisait rudement chaud.

LE PÈRE OUVRAI.

C'est à cette mémorable journée que le père de l'Orpheline de la Bérésina, l'intrépide, le brave Albert est tombé à mes côtés.

RENAUD.

Il était toujours le premier au feu. Tout le régiment l'a regretté.

LE PÈRE OUVRAI.

Quel courage! A la bataille des Pyramides, il s'élança au milieu d'une masse de mamelucks, fondit droit sur celui qui portait l'étendard, le terrassa et le lui enleva; fit mordre la poussière à tous ceux qui osèrent s'y opposer, et vint le porter au général Murat, qui, étonné de tant de bravoure, lui donna son sabre en échange.

JANIN.

J'ai été blessé non loin de lui. Sans toi, Renaud, qui m'enlevas parmi les morts, j'étais avalé par les crocodiles.

RENAUD.

Cela est vrai, tu avais reçu un fameux atout.

LE PÈRE OUVRAI (*à Renaud*).

Et à l'affaire de Saalfeldt, ne m'as-tu pas prodigué tes soins? Blessé d'un coup de sabre que j'ai reçu sur la tête en combattant le prince Louis de Prusse, il se défendit comme un César ; mais, (*faisant un geste de la main*) enfoncé ; dans le royaume des taupes!....

RENAUD.

Je n'ai pas oublié, père ouvai, qu'au passage du Pont d'Arcole, l'an V de la république, je reçus un coup de feu qui me fit tomber dans la rivière, et malgré la mitraille, vous vîntes m'en retirer, et vous m'emportâtes à votre bivouac. Nous sommes quittes et amis. (*Il lui serre la main*).

JANIN.

C'était un bon temps, que le temps de la république, nous faisions la guerre grâtis; c'est vrai que nous étions de fameux lapins. Vous rappelez-vous le 6 germinal an IV, lorsque le Petit Tondu vint, tout maigrelet, nous passer en revue au camp du Col de Montenotte? « Troupiers, mes « amis, dit-il, nous voilà ensemble ; depuis trois ans vous « êtes acculés dans les montagnes du Piémont, sans habits, « sans souliers, n'ayant pour nourriture que des marmottes.

« Or, mettez-vous dans le fanal que dans dix jours « nous entrerons en vainqueurs dans les belles plaines d'I- « talie ; vous serez habillé à neuf, vous pourrez manger à « gogo la poulinta et plumer la galine.

« Vous êtes de bons lapins, troupiers d'Italie ; manque- « riez-vous de courage ? »

Nous répondîmes tous : Suffit!.... suffit!

Les sergents crièrent : En avant.... vaincre ou mourir. C'était alors notre devise.

LE PÈRE OUVRAI.

Après dix jours des plus rudes combats nous aperçûmes ces riches plaines d'Italie.

Bonaparte était à la tête de ses soldats ; il fut ému : « Anibal, s'écria-t-il, avait franchi les Alpes, et nous, nous « les avons tournées. »

JANIN.

Nous n'étions que trente mille va-nu-pieds contre quatre-vingt mille fendants Autrichiens et Piémontais, tous beaux hommes, bien garnis ; Napoléon, qui n'était encore que Bonaparte, nous souffle je ne sais quoi dans le ventre, et on marche la nuit, on marche le jour, on les tape à Montenotte, on court les rosser à Lodi....

LE PÈRE OUVRAI.

C'est au passage du Pont de Lodi que les plus vieux soldats s'assemblèrent, et trouvant notre général bien jeune, ils le saluèrent du titre de Petit Caporal.

RENAUD.

Ils le nommèrent sergent à la bataille de Castiglione, où trente mille Français battirent soixante-dix-mille Allemands.

JANIN.

C'était un fameux lapin que notre Petit Caporal ; celui-là, du moins, il avait chippé tous ses grades sur le champ de bataille. Quel toupet ! Au passage du Pont d'Arcole, avec quelle intrépidité il planta notre drapeau au milieu du pont, où quarante pièces de canon de l'ennemi nous criblaient de mitraille, en criant : « Soldats ! suivez votre général !

LE PÈRE OUVRAI.

C'est vrai, mes cammarades, je n'oublierai jamais la nuit qui suivit ces trois jours de combats meurtriers. J'étais de garde aux avant-postes ; on me plaça en sentinelle perdue. Huit jours de marches forcées, et épuisé de la fatigue de la journée, je tombai de lassitude et m'endormis devant l'ennemi. Quelle surprise à mon réveil, je ne retrouvai plus mon fusil. Je regardai autour de moi, et j'aperçus à six pas une autre sentinelle se promenant l'arme au bras. Je m'approche; quel fut mon étonnement : c'était le Petit Caporal.

RENAUD et JANIN (*ensemble*).

Qui, Bonaparte?

LE PÈRE OUVRAI.

Lui-même! Je me jetai à ses genoux en lui disant : « Mon « général, je suis un homme perdu.—Non, non, me dit-il, « relève-toi, mon brave; hier tu as fait ton devoir, au« jourd'hui c'est à mon tour. » Il me rendit mon fusil, et s'en retourna dans sa tente, en me recommandant le plus grand secret.

JANIN.

Je vous l'ai bien dit que c'était un bon lapin. C'est à cette époque que nous chantions ce couplet :

Air :

Bonaparte! dieu de la France,
Par ton génie et ta valeur,
Tu mets la gloire en permanence,
L'ennemi pâli de frayeur.
Chaque jour, victoires nouvelles,
Nouveaux combats, nouveaux lauriers;
La Liberté donne des ailes, } *bis*
Des ailes à nos fiers guerriers.

LE PÈRE OUVRAI.

C'est vrai que la liberté avait enfanté le vainqueur d'Italie. En une seule année et deux campagnes, quatre armées autrichiennes sont anéanties, il nous met en vue de Vienne, et force l'Autriche à implorer la paix. Quelle belle page dans l'histoire!

RENAUD.

Et en Égypte, quels combats de géants nous avons soutenu dans ces déserts brûlans. Il a fallu le grand génie du général Bonaparte pour vaincre tant d'obstacles!

JANIN.

En voilà-t-il des pays des cinq cents mille diables de la nature. En débarquant à Alexandrie, le Petit Caporal, nous dit : « Mes enfans, pour le quart d'heure on nous donne » l'Égypte à manger, nous l'avalerons en deux temps et « deux mouvemens. Il faut respecter les pékins ainsi que « leurs femmes. Le Français doit être l'ami de tout le « monde, et battre les peuples sans les vexer.

« Troupiers ! mettez-vous dans la coloquinte de ne tou- « cher rien d'abord, parce que nous aurons tout après. »

Ce qui fut dit fut fait ; en peu de temps nous mangeâmes les mamelucks à l'ordinaire, les crocodiles en salade et les lézards aux macaronis. Enfin tout fut fricassé.

RENAUD.

Et à Austerlitz, où nous sommes restés l'arme au bras toute la journée, avec un froid de chien ; toute la garde criait : en avant ! lorsque sur les quatre heures l'empereur arriva au milieu de nous, tout rayonnant de gloire, en nous disant : « Pendez-vous, mes vieux Grognards, je n'ai pas « eu besoin de vous ! »

LE PÈRE OUVRAI.

Le surlendemain j'étais de garde à son bivouac. Il dit à son aide-de-camp, le général Junot : « Allez dire à l'empe- « reur Alexandre que je ne veux pas le priver de sa garde, « des ordres sont donnés pour qu'on la lui rende. » Quelle grandeur d'ame ! Et ils ont pu l'oublier !

JANIN.

Et à Iéna, sur le mamelon qui nous servait de télégraphe. Aussi quelle galopade avons-nous fait danser aux Prussiens. (*Choquant leurs verres*). A ce jour digne de gloire !

SCÈNE VIIe.

Les précédents, Mlle HORTENSE et LOUISE.

LOUISE (*entrant en criant*).

Voici la noce ! voici la noce !

SCÈNE VIIIe.

Les précédens, M. *et* Mme BÉQUILLE, *plusieurs bourgeois, jeunes filles et invalides arrivent par la porte du jardin.*

M. BÉQUILLE.

Avez-vous du bon vin, Mlle Louise !

LOUISE.

Excellent, à dix !

UN INVALIDE.

En avant ! six bouteilles et le fin pâté.

LOUISE.

Mais où est-il, M. de Pezenas ? je ne le vois pas.

Mme. BÉQUILLE.

Le voici, l'entendez-vous (*Louise sort et va chercher le vin et le pâté quelle place sur la table*).

SCÈNE IXe.

Les précédens, M. DE PEZENAS (*arrive par le jardin en fredonnant*).

Les bords de la Garonne
Sont des endroits charmans, etc.

(*S'adressant à mademoiselle Hortense*).

Toujours fraiche, toujours jolie,
Comme les fleurs de la prairie.

Mlle HORTENSE.

Toujours galant, M. de Pezenas.

M. DE PEZENAS.

C'est mon faible, sandis !.... c'est mon faible. Allons, mes amis, à table. Les places d'honneur aux braves invalides.

Mme BÉQUILLE (*le prenant par le bras*).

Vous les aimez donc bien, messieurs les invalides, (*à part*) C'est vous qui m'avez fait épouser le fils de M. Béquille, démâté des deux jambes.

M. DE PEZENAS (*avec dignité*),

Vous me demandez, madame, si j'aime messieurs les invalides? Je fais plus, sandis, je les honore (*ôtant son chapeau*). Je n'entre jamais dans l'Hôtel des Braves qu'avec le plus grand respect, et quand j'ai contemplé tous ces débris de tant de gloire, je n'en sors que rempli d'admiration. Si j'étais roi des Français, je ferais graver en lettre d'or sur son fronton « Asile des immortels.

Air :

Pendant vingt ans, sur les champs de bataille,
Ces fiers guerriers battaient les ennemis;
Mais, aujourd'hui, criblés par la mitraille,
Sur leurs lauriers reposent nos amis;
Mais si jamais notre belle patrie
Avait besoin de braves défenseurs,
On les verrait sacrifier leur vie,
Comme jadis ils seraient les vainqueurs.

LE PÈRE OUVRAI.

Vous avez dit vrai, M. de Pezenas, il est si beau de mourir pour sa patrie!

M. BÉQUILLE (*à M. de Pezenas*).

Mais pourquoi n'avez-vous pas été à l'armée de la guerre vous faire emporter une jambe, la moitié du corps ou la tête, vous seriez à l'Hôtel avec les braves invalides; mais je crois que vous êtes comme moi, vous n'avez jamais servi.

M. DE PEZENAS (*avec dignité*).

Je n'ai jamais servi, sandis! Vous ignorez donc, monsieur, que j'ài l'honneur d'être depuis six ans, caporal des bizets de la garde nationale de la banlieue?

TOUS.

C'est vrai, M. de Pezenas.

M. DE PEZENAS.

Allons, buvons à la santé de la nouvelle mariée.

Mme BÉQUILLE.

Je vous remercie, monsieur. (*Le prenant par le bras*) Vous m'avez promis, M. de Pezenas, de me faire danser le jour de mes noces, je veux que vous me teniez parole. (*à part*) Quand je vous promets quelque chose, vous savez que.... (*Mettant le doigt sur son nez*).

M. DE PEZENAS.

Connu, connu! Allons, tout le monde en place.

(*L'orchestre exécute une contredanse, et au milieu de la première figure il s'interrompt*).

SCÈNE Xe.

Les précédens, LOUISE (*entre une lettre à la main*).

LOUISE.

M. Ouvrai, M. Ouvrai, voici une lettre d'Alger.

LE PÈRE OUVRAI.

Donne.... Je n'ose la lire. Rentrons, je crains d'affliger ma pauvre Hortense, elle en mourrait de douleur, si mon fils était.....

M. DE PEZENAS.

Allons, mes amis, laissons le père Ouvrai lire la lettre de son fils, nous reviendrons savoir s'il y a de bonnes nouvelles pour l'en féliciter. Au revoir, c'est aujourd'hui la saint Invalide, c'est un jour qui porte bonheur.

(*Il lui serre la main; tout le monde sort*)

Fin du premier acte.

ACTE 2me.

(Le théâtre représente l'avenue de la Barrière de l'Ecole-Militaire : à droite du spectateur, un pavillon avec un berceau, une table et des chaises. Un peu plus loin, à gauche, on voit la grille de l'Ecole-Militaire et un factiounaire; au foud du théâtre, on aperçoit l'hôtel et le dôme des Invalides, sur lequel flotte le drapeau tricolore; un autre factionnaire invalide est placé à la grille).

SCÈNE Ire.

LE PÈRE OUVRAI, RENAUD, JANIN et Mlle HORTENSE (*entrent par la porte du pavillon*).

LE PÈRE OUVRAI (*en colère une lettre à la main*).

Vous avez beau me dire de le prendre du bon côté, non, non, jamais, mille bombes, je ne donnerai ma fille chérie à un homme qui n'aura pas payé sa dette à la patrie, (*Prenant la main d'Hortense*) Toi, la fille d'un des plus brave grenadiers de la garde impériale, mort pour son pays....

Mlle HORTENSE.

Mais, mon père, si Julien....

LE PÈRE OUVRAI.

Laisse-moi, Hortense, j'ai besoin d'être seul.

(*Hortense sort en faisaut un signe à M. de Pezenas, qui entre au même instant, d'aller consoler son père*).

SCÈNE IIe.

LE PÈRE OUVRAI, RENAUD, JANIN et M. DE PEZENAS.

M. DE PEZENAS.

Mais, voyons, père Ouvrai, lisez-nous la lettre de votre fils.

LE PÈRE OUVRAI.

La voici (*Lui donnant la lettre*).

M. DE PEZÉNAS (*lisant haut la lettre*).

« Mon cher père,

« Je m'embarque à l'instant pour la France ; ma lettre « ne me précédera que de quelques heures. Je brûle de te « presser sur mon cœur, et te demander la main de l'Or- « pheline de la Bérésina,

« *Signé*, JULIEN. »

Alger, ce 25 octobre

Je ne vois dans cette lettre rien qui puisse vous alarmer

JANIN.

C'est bon à dire, à vous qui avez toujours servi dans les bizets, mais si vous aviez été bon lapin, et que vous eussiez mangé des marmottes et des crocodilles, vous sauriez qu'un troupier français ne revient pas de l'armée comme un capon.

M. DE PEZENAS.

Sandis ! c'est possible ; mais si Julien arrivait décoré de la croix des braves, non pas de celles qu'on obtenait dans les antichambres, à coups de chapeau, mais de celles qu'on gagne sur le champ de bataille, comme les vôtres.

LE PÈRE OUVRAI (*serrant la main de M. de Pezenas*).

Ah ! je serai trop heureux.

M. DE PEZENAS.

Enfin, il ne faut le juger qu'à son retour ; que savez-vous? Il arrivera peut-être sans jambes, sans bras, quand ce ne serait que pour vous faire plaisir. Sandis ! ces diables d'invalides ils ne vous trouvent parfaits que lorsqu'il vous manque un membre.

Mais à propos, père Ouvrai, il y a loug-temps que vous nous avez promis de nous raconter l'histoire de l'Orpheline de la Bérésina.

RENAUD ET JANIN (*ensemble*).

C'est vrai, père Ouvrai.

LE PÈRE OUVRAI.

Je l'ai promis, un soldat n'a que sa parole.

M. DE PEZENAS.

A table! Louise, apportez-nous une bouteille du bon coin, et du meilleur.

(*Louise apporte une bouteille et des verres, et sort*).

LE PÈRE OUVRAI.

Asseyons-nous, mes amis, j'ai besoin de toute votre attention.

La veille de la mémorable bataille de la Moskowa, l'empereur rassembla tous ses maréchaux en grand conseil; debout, son petit chapeau sur la tête, il leur dit : « Braves « maréchaux, pendant vingt ans nous avons battu l'en« nemi. Toujours et partout le soldat français s'est couvert « de gloire ; au Pont d'Arcole, aux Pyramides, à Marengo, « à Austerlitz à Iéna et à Wagram, vous les avez conduits « à la victoire. Demain, à la pointe du jour, à la tête de « mes braves, de nouveaux lauriers vous attendent. Je « compte sur vous. « Tous se rendirent à leur poste.

RENAUD.

Oui, nous y étions tous. C'était le rendez-vous des braves, jeunes et vieux soldats firent des prodiges de valeur.

LE PÈRE OUVRAI.

A quatre heures du matin, l'empereur, sur une hauteur observant avec sa lorgnette, ces deux cent mille hommes, tous vieux guerriers, marchant en ordre, tous fiers et brûlant d'impatience de voler au combat, le canon se fit entendre, ce fut le signal d'aller en avant. Les tambours, les clairons et les trompettes retentirent sur toutes la ligne. Maréchaux, officiers et soldats marchent à l'ennemi, en criant : « Vive l'empereur! »

JANIN.

C'était le prélude de la victoire.

LE PÈRE OUVRAI.

La fusillade commence, le canon vomit sa mitraille meurtrière. Deux cent mille russes, en colonnes serrées, masquaient douze redoutes hérissées de canons, et malgré leurs feux de bataillons et leur artillerie, rien ne résista à l'impétuosité des soldats français, tout fut culbuté.

Ces hommes, comme des remparts, furent terrassés, onze redoutes enlevées. Il en restait encore une, défendue par l'élite de l'armée ennemie, lorsque le brave des braves, le maréchal Ney, qui, dans cette journée, se couvrit de gloire, vint à nous, en nous disant : « C'est à « vous, braves grenadiers ; de finir la bataille, la garde « impériale russe, en bataillons carrés, défend sa der« nière redoute. A vous, appartient l'honneur de les « vaincre. En avant. »

RENAUD.

Le premier en tête, il nous conduisit à la victoire, car il en connaissait le chemin.

LE PÈRE OUVRAI.

Nous chargeâmes l'ennemi, tout fut mis en déroute. En un instant, la terre fut jonchée de cadavres. Mais, arrivés auprès des retranchements, une batterie masquée fit feu sur nous, le Brave Albert, le père de l'orpheline de la Bérésina, fut frappé par un boulet, et tomba de son cheval ; je le relevai, je le pressai sur mon cœur, car c'était mon camarade de vingt ans, mais c'en était fait, le coup était mortel.

Il arracha sa croix : Tiens, me dit-il, porte-la à ma femme, que je te recommande ainsi que ma jeune fille, dis-leur que mon dernier soupir est pour elles et pour ma patrie. Je meurs content, la victoire est à nous. Il me serra la main, et rendit le dernier soupir, en criant : « Vive l'empereur ! »

RENAUD.

Voilà comme on mourait en ce temps-là, sur le champ de bataille.

LE PÈRE OUVRAI.

Le lendemain, je vis sa femme, la bonne Augustine, que tous les soldats aimaient et respectaient. Elle courut vers moi, ne voyant pas son mari à mes côtés ; ah ! me dit-elle, il est blessé. — Mort ! lui dis-je, de la mort des braves. Voilà son extrait mortuaire, en lui présentant sa croix. La pauvre femme essuya une larme en pressant sa fille sur son cœur, en me disant : Hélas ! qui protégera sa veuve et son enfant ? — Moi, lui dis-je, mille cartouches, moi seul veillerai au dépôt sacré qu'il m'a laissé, je la consolai de mon mieux, et je retournai à mon poste. Deux jours après, nous partîmes pour Moskou. L'ennemi battu et vaincu partout, n'eut d'autres ressources qu'en brûlant cette antique Capitale, et pour comble de malheur, le froid vînt un mois plutôt que de coutume.

JANIN.

Chose que les savants qui sont des bêtes n'ont pas expliquée suffisamment.

LE PÈRE OUVRAI.

L'empereur fut un des derniers à quitter le Kremlin, je marchais à ses côtés lorsqu'il jeta un regard sur ces flammes qui allaient réduire en cendres ce beau monument et plonger dans la misère tant de familles ! il s'écria : « Quelles armes indignes pour me combattre. Ils « n'ont pu nous vaincre, ils assouvissent leur rage sur ce « malheureux peuple ! Plutôt mourir cent fois, que de « triompher par d'aussi lâches moyens. »

JANIN.

Et ils ont osé se vanter d'être venus en vainqueurs à Paris.

M. DE PÉSENAS.

Sandis ! il fallait bien qu'ils vinssent vous rendre une visite à vous, qui leur en aviez tant rendues.

LE PÈRE OUVRAI.

Oui, mais quand nous avons été dans leur Capitale, nous étions accompagnés de la victoire, et eux, quand ils sont venus chez nous, ils étaient précédés des torches de la discorde et de la plus lâche des trahisons !...

M. DE PÉSENAS.

Nos ennemis s'applaudissaient sans doute de leur victoire ; n'en soyons point jaloux, leurs succès étaient trop honteux pour être enviés.

LE PÈRE OUVRAI. (*continuant.*).

Nous battimes en retraite. Tous les jours, je voyais notre vivandière et sa jeune fille, toutes les deux bien enveloppées, en nous suivant dans leur fourgon, nous cheminions vers la France, mais arrivés à la Bérésina il fallut nous séparer, les voitures passaient sur un pont, la cavalerie et l'infanterie sur un autre. La malheureuse vivandière voyant le pont où elle devait passer, encombré de voitures, me dit, en me présentant sa fille, les larmes aux yeux : M. Ouvrai, je vous la confie, fasse le ciel que je puisse la rejoindre. Je lui ai mis au cou le collier d'or que le général Bonaparte me donna au passage de la Piava, et la croix de son père, attachée au bout ; cela lui portera bonheur.

RENAUD.

Celui-là, du moins, l'avait bien gagnée ! Cinq étendards pris à l'ennemi attestent sa bravoure.

LE PÈRE OUVRAI.

Je la pris et la plaçai sur le devant de mon cheval,

et l'enveloppai de mon manteau ; et je partis au galop, lorsqu'elle courut vers moi, en me redemandant à grands cris sa fille chérie ; elle la reprend et la couvre de mille baisers, et le cœur navré de douleur, me la confie de nouveau. Hélas ! c'était pour la dernière fois ! Le lendemain, nous apprîmes que le pont s'était rompu et que tout avait disparu sous les glaces.

Pauvre enfant ! elle fut orpheline à dix mois. Je la nommai ma fille adoptive, elle était si jolie, que tous mes camarades voulaient lui prodiguer leurs soins, jusqu'à mon colonel qui lui envoyait tous les jours quelques douceurs ! Et toi, mon brave Renaud, combien de fois tu m'as aidé à la préserver d'une mort certaine.

RENAUD.

Mille gibernes, si je me le rappelle ! Quelles émotions douces j'éprouvais quand vous me donniez la petite grognarde pour la réchauffer.

LE PÈRE OUVRAI.

Un jour, vous en souvient-il, le froid était insupportable, les plus robustes y succombèrent. Je redoublai de soins auprès de cette chère enfant. Mais c'en était fait, trente degrés de froid l'avaient glacée ! Son cœur ne battait plus, la mort était sur ses lèvres. Le désespoir s'empara de mon ame ; la tristesse était peinte sur tous les visages de nos camarades, car nous l'aimions tous, c'était la fille de la vivandière de la Piava ! Elle allait rendre le dernier soupir, lorsqu'une nuée de cosaques vint pour nous couper la retraite. Je devins furieux ; je brûlais de venger sa mort. Sitôt j'ouvre mon habit, je la place sur mon cœur et l'attache avec une courroie ; je tire mon sabre, je m'élance sur eux en rugissant comme la lionne du désert à qui on veut ravir ses petits. Je terrassai tous ceux qui osèrent se présenter devant moi. (*Avec véhémense*) J'étais un second Léonidas aux Thermopiles ! Je mis la terreur dans leurs rangs, tous fuirent à mon aspect. Un chef osa se défendre : d'un coup de pistolet je l'étendis mort à mes pieds. Je m'empare au même instant d'une peau de tigre qui couvrait son cheval, et j'en enveloppai la malheureuse enfant que j'avais crue morte. Mais le ciel veillait sur elle. La vitesse de mon cheval, et le mouvement que je m'étais donné en combattant cette horde d'esclaves avait réchauffé son cœur et ranimé ses sens; je l'entendis pleurer. Victoire! m'écriai-je! la fille du soldat est sauvée! Transporté de plaisir et de joie je viens rejoindre le régiment.

RENAUD (*lui serrant la main et essuyant une larme*).

Oui, je m'en souviens, père Ouvrai, elle vous doit la vie et le bonheur.

LE PÈRE OUVRAI.

Je redoublai de soins auprès de ma fille chérie. Enfin nous arrivâmes à Vilna. J'étais de planton chez l'empereur; je me promenais devant la porte de sa chambre à coucher, lorsque le prince Berthier vint l'avertir que le conseil était assemblé. L'empereur passa dans le salon pour le présider. Il ne restait plus personne dans sa chambre. J'étais préoccupé de ma fille. Peut-être, me disais-je, va-t-on décider que notre régiment soutiendra la retraite, et alors que deviendra notre enfant? Au milieu du feu de l'ennemi, il me vint une idée: le moment était propice, je cours au corps-de-garde où je l'avais laissée.

RENAUD.

Je la tenais sur mes genoux auprès du feu, lorsque vous êtes venu la chercher.

LE PÈRE OUVRAI.

Je la pris dans mes bras et vins la poser sur le lit de l'empereur.

JANIN.

Bah! Sur le dodo du Petit Caporal. En voilà-t-il une audacieuse.

RENAUD.

Vrai comme il le dit. Nous avons bien ri de la circonstance.

LE PÈRE OUVRAI.

Je repris mon poste en me confiant dans la grandeur d'ame de Napoléon. Je ne la perdais pas de vue, l'aimable enfant, elle me tendait les bras en souriant. La porte s'ouvre. C'est l'empereur avec plusieurs maréchaux. Gâre, me dis-je, la bombe va éclater. Il tourna la tète du côté de son lit. Quelle est sa surprise d'y voir un enfant joli comme l'amour, lui ouvrant ses petites mains pour le caresser. « Qui a placé ce jeune enfant sur mon lit? à qui appartient-« t-il? Répondez-moi, messieurs. » Tous se regardèrent sans répondre un mot. « Et vous, maréchal-des-logis-chef, « avez-vous vu entrer quelqu'un? — Non, sire. — N'im-« porte, répondit l'empereur en la prenant dans ses bras, « elle est sans doute la fille d'un brave. Mais, que vois-je! « La croix de la Légion-d'honneur attachée à un collier « d'or ; ce collier porte mon chiffre, il m'a appartenu, ce « me semble. » Puis, réfléchissant un instant. « J'y suis, « je le donnai à la courageuse vivandière, le 23 ventose an « V, au passage de la Piava. Un soldat allait se noyer « lorsqu'elle le sauva en se jetant à la nage. »

M. DE PEZENAS.

Quelle mémoire heureuse!

LE PÈRE OUVRAI.

« Qu'est-elle devenue? en me regardant. — Sire, elle « est ensevelie sous les glaces de la Bérésina. — Et le « brave Albert, son mari? — Mort au champ d'honneur. « — Malheureuse enfant, dit il, levant les yeux au ciel « et la pressant sur son cœur, il ne te reste donc plus per-« sonne sur la terre. Si jeune encore abandonnée au mi-« lieu des horreurs de la guerre. Une larme coula de ses » yeux. Mais console-toi (en lui donnant un baiser); je « veillerai sur toi, je serai ton protecteur. Tiens, me dit-« il en me donnant ma fille, c'est toi que je charge de la « porter de suite au chef de mes équipages ; je vais don-« ner mes ordres pour qu'elle soit conduite en France avec « tous les soins dûs à son jeune âge, et qu'elle soit placée

« dans la succursale de la Légion-d'Honneur de Saint-
» Denis, et élevée dans cette maison comme les enfants
« des grands officiers. Que le collier d'or de sa mère et la
« croix de son père, qu'elle porte, lui soient conservés à
« perpétuité, ainsi que les émoluments qui y sont attachés
« et que je double. Je vais écrire à l'impératrice de pren-
« dre sous sa protection l'Orpheline de la Bérésina. »

Dans le trasport de ma joie, je criai : Vive l'empereur ! Fier comme un conquérant, je traversai d'un pas rapide le salon, où plusieurs officiers supérieurs étaient encore, les uns lui prenaient les mains, les autres l'embrassaient ; elle souriait à tous, et semblait leur dire : Merci, merci ! Avec ce précieux dépôt, je parvins auprès du chef de sa maison. L'ordre de l'empereur arriva à l'instant. Je lui remis ma chère fille, après m'être assuré que rien ne lui manquait. Je l'embrassai, et vins annoncer à mes camarades le bienfait de l'empereur.

RENAUD.

Celui-là et tant d'autres, car le fait parle, il brille comme le soleil ; malgré ses ennemis, l'histoire est là. Vous n'avez pas oublié qu'à la révolte de Vérone plusieurs Français furent assassinés. Deux envoyés du sénat de Venise vinrent lui offrir des millions pour appaiser sa colère. « Non, non,
« répliqua le général Bonaparte irrité, quand vous couvri-
« riez cette plage d'or, tous vos trésors, tous ceux du Pé-
« rou, ne pourraient payer le sang d'un seul de mes sol-
« dats. »

LE PÈRE OUVRAI.

Avec quelle magnanimité il récompensait législateurs, généraux, et soldats ! Dans le palais comme dans la chaumière, son nom sera toujours révéré, et les siècles les plus reculés retentiront de sa gloire et de ses hauts faits. Témoin la vivandière de la Piava, mère de l'Orpheline de la Bérésina ; malgré son sexe, quand elle ramena le soldat qu'elle avait sauvé au péril de sa vie. Il fit faire halte à ses trois divisions, leur présenta la femme courageuse, ôta son collier d'or et l'attacha à son cou; seule récompense qu'il pouvait donner alors.

RENAUD.

Elle le méritait bien, car depuis vingt ans elle avait sauvé plus de soldats que tous les docteurs de la Faculté.

JANIN.

A la bataille de Wagram, sans elle j'étais rôti comme une marmote. Étendu par terre d'un coup de feu à la jambe, je la vis venir, comme de coutume, parcourir le champ de bataille; donner de l'eau-de-vie aux uns, de la charpie et du linge aux autres. Elle vint à moi en me disant : « Te « voilà, mon vieux lapin, du courage, cela ne sera rien. » Arrêter mon sang, panser ma blessure, me prendre sur ses bras et m'emporter à l'ambulance, ne fut que l'affaire d'un instant.

M. DE PEZENAS.

Honneur à sa mémoire! (*En ôtant son chapeau et se levant tous*).

On entend battre le rappel à l'Hôtel.

SCÈNE IIIe.

Les précédens, LOUISE.

LOUISE.

Messieurs, le couvert et mis, on va se mettre à table.

TOUS.

Nous y allons.

(*Ils sortent par le pavillon*).

(Au même instant, un peloton de grenadiers avec leurs drapeaux, musique en tête, traverse le théâtre et vient se placer devant l'Ecole-Militaire; l'officier commande halte, fait remettre la baïonnette et rompre les rangs).

La toile tombe.

Fin du deuxième acte.

ACTE 3me.

(Le théâtre représente un salon modestement meublé, décoré de trois tableaux placés au fond, en face des spectateurs.
Le premier représente le père d'Hortense;
Le deuxième Napoléon;
Et le troisième la mère d'Hortense.
A droite et à gauche sont deux portes latérales.

SCÈNE 1re

HORTENSE. (*entre seule, paraissant rêveuse.*)

Nous attendons d'un moment à l'autre, Julien, pourquoi faut-il que son retour, qui devait être un bonheur pour tous, ne soit qu'un tourment pour son père et pour moi ? Malheureuse que je suis ! mon cœur brûle d'impatience de le revoir, et mon âme est accablée de tristesse. Je connais la sévérité de son père, aussi depuis deux jours, je ne vis plus, j'évite tout le monde. Le sommeil a fui de mes paupières, je cherche partout des consolations, et n'en trouve nulle part. (*Elle relève la tête.*)

Voilà le portrait de mon père à la bataille d'Iéna, sauvant la vie à son colonel. Tu es mort pour ta patrie !

Celui-ci c'est l'empereur ! Oh ! mon bienfaiteur ! Toi qui as pris soin de mon jeune âge, reçois l'expression de ma reconnaissance ! Que tes malheurs m'ont fait verser de larmes ! Tant de hauts faits, et mourir sur un rocher !!!

(*Regardant le portrait de sa mère.*) Et toi, ma bonne mère, te voilà représentée à l'âge de 15 ans, te jetant dans la Piava, et plongeant sous l'eau pour sauver la vie à un soldat ! Toi qui n'as jamais craint d'affronter les champs de bataille pour panser les blessés e prodiguer tes soins au courage malheureux ! Oh ! ma mère, et tu n'as eu pour cercueil que les glaces de la Bérésina ! (*S'agenouillant.*) Oh ! vous, auteurs de mes jours, et toi, mon bienfaiteur ! qui habitez le séjour céleste des heureux. Jetez un regard de bonté sur votre malheureuse fille ! Implorez le Dieu Consolateur pour qu'il rende la paix et le calme dans le cœur de la pauvre orpheline!

SCÈNE IIe.

HORTENSE, M. DE PEZENAS. (*entrant au moment où Hortense se relève.*)

M. DE PEZENAS.

On vous cherche partout, Mademoiselle, pourquoi fuir ainsi ses meilleurs amis ; ce n'est pas bien, parceque Julien revient. vous et le Père Ouvrai, vous êtes d'une humeur...

HORTENSE.

Hélas! vous connaissez, Monsieur, les bontés qu'il a pour moi, mais quand il s'agit de son pays, rien ne peut le faire changer. Ce matin encore, me disait il, si Julien a rempli la noble tâche que je lui ai imposée, mon plus grand bonheur sera de vous unir, mais s'il en est autrement, jamais il ne sera ton époux ! Oh ! ce jamais me tuera.

M. DE PEZENAS.

Mais, calmez-vous, n'anticipons pas sur l'avenir, je sais bien que tous ces vieux troupiers ne connaissent qu'honneur et patrie ! Cette divise a fait faire bien des folies.

HORTENSE. (*avec véhémence et dignité.*)

Dites qu'elle a fait des prodiges d'héroïsme. Cette étoile que le Grand Napoléon découpa de ses mains, a enfanté des héros qui ont illustré la France, et l'ont conduit à l'immortalité.

M. DE PEZENAS.

Pardon, Mademoiselle, je n'ai pas cru vous... offenser. Voici le Père Ouvrai.

SCÈNE IIIe.

HORTENSE, M. DE PEZENAS, LE PÈRE OUVRAI.

LE PÈRE OUVRAI.

Te voilà, ma bonne Hortense, je t'en prie, quitte cet air triste et mélancolique. Espérons tout de la Providence ; le ciel nous ramènera, à moi un fils bien aimé, et à mon hortense un frère, un ami chéri.

HORTENSE (*les larmes aux yeux*).

Oh ! oui, mon père, un ami chéri ; je l'aime, oui, je l'aime de toute mon ame. N'est-il pas le fils de l'ami de mon père et de ma pauvre mère ? N'est-il pas le fils de celui qui sauva les jours de l'enfant de la Bérésina (*Elle se jette à son cou*).

LE PÈRE OUVRAI.

Et qui veillera sur elle jusqu'à son dernier soupir. Vas m'attendre dans le grand salon, j'iri bientôt te rejoindre.

(*Il l'embrasss au front. Elle sort lentement et rêveuse*).

SCÈNE IVe.

M. DE PEZENAS ET LE PÈRE OUVRAI.

LE PÈRE OUVRAI.

Il m'en coûte de l'affliger.... Mais rien ne me fera changer si mon fils ne revient pas digne d'elle.

M. DE PESENAS.

Mais, je ne puis vous comprendre, père Ouvrai ; Julien, qui a bientôt trente ans, vous demande la main de mademoiselle Hortense ; ils s'aimaient dès l'enfance, c'est tout naturel. Eh bien ! que lui répondez-vous ?

LE PÈRE OUVRAI.

Ce que je lui réponds, monsieur, je lui dis : Je consens à t'unir avec mon hortense, mais quand tu l'auras méritée. Je vais t'en donner l'occasion. Je viens d'apprendre que le brave colonel Combes part pour Constantine : voilà une lettre que tu lui remettra. Il a été mon camarade de lit dans nos premières guerres en Italie. Si tu le suis au combat il te mènera à la victoire.

M. DE PEZENA.

Et croyez-vous que le colonel consente....

LE PERE OUVRAI.

Oui, monsieur, il sera fier de guider le fils du père Ouvrai. C'est moi qui le premier lui en ai montré la route. J'espère que j'ai fait un bon élève.

M. DÈ PEZENAS.

C'est vrai, mais votre fils vous a obéi, et au moment qu'il revient revoir son père et sa prétendûe, enfin ce qu'il a de plus cher au monde....

LE PÈRÊ OUVRAI (*avec vivacité et lui serrant la main*).

Et sa patrie, monsieur, sa patrie !

M. DE PEZENAS.

On lui doit bien quelque chose.... Mais !

LE PÈRÊ OUVRAI (*avec dignité*).

Tout pour sa gloire et sa prospérité. Malédiction à ceux qui l'oublient.

M. DE PEZENAS.

Vous l'aimez donc bien, votre patrie?

LE PÈRE OUVRAI.

Si je l'aime !.... de toute mon ame ! La première fois que je versai mon sang pour elle sur le champ de bataille à Rivoli, je levai mes mains vers le ciel en disant : C'est pour mon pays, je plains ceux qui n'ont pas goûté ce bonheur.

M. DE PEZENAS.

Mais tout le monde ne pense pas comme vous.

LE PÈRE OUVRAI.

Je respecte les opinions, je pardonne même à ceux qui, par des moyens légaux, élèvent leur idole sur l'autel ; mais ceux qui, dans les rangs ennemis, combattent les enfants de la patrie, anathême pour ces traîtres ! Tôt ou tard l'ange exterminateur les frappera de son glaive !

M. DE PEZENAS.

Sandis : si tous les hommes étaient de votre trempe, on aurait de la peine à les corrompre.

LE PÈRE OUVRAI.

Je ne vous comprends pas, monsieur, ce mot ne doit pas être français.

SCÈNE Ve.

RENAUD, JANIN, LE PÈRE OUVRAI, M. DE PEZENAS.

RENAUD (*au père Ouvrai*).

Et bonjour, père Ouvrai, nous vous cherchions. Eh bien ! qu'allons-nous faire aujourd'hui ?

M. DE PEZENAS.

Ce que nous allons faire, mes braves, 1° nous allons prendre un punch au rhum ; 2° nous prierons le père Ouvrai de nous finir l'histoire de l'Orpheline de la Bérésina, car elle m'intéresse beaucoup.

JANIN.

Nous le voulons bien.... Une table et des verres. Asseyons-nous (*Au même instant on apporte un plateau qu'on place sur le guéridon, et l'on voit brûler le punch dans un bol*).

M. DE PEZENAS (*leur versant à boire*).

A votre santé (*Ils boivent*). A présent, père Ouvrai, nous vous écoutons.

LE PÈRE OUVRAI.

Vous connaissez tous nos désastres, tous ces alliés qui, au temps de sa grandeur rampaient à ses pieds, l'abandonnèrent dans l'adversité. La trahison et trente degrés de froid nous forcèrent à nous replier sur l'Elbe.

A la bataille de Lutzen, nous avons prouvé à l'ennemi que même sans cavalerie les Français étaient toujours les vainqueurs de la Moskowa. Les enfants de Paris se sont couverts de gloire dans cette journée.

JANIN.

Ils se sont battus comme de vieux lapins..

RENAUD.

N'ayant plus de cartouches, ils n'ont pas craint d'attaquer à la baïonnette la garde du roi de Prusse, et l'ont culbutée. Aussi ont-ils puissamment contribué au gain de la bataille.

LE PÈRE OUVRAI.

L'empereur, témoin de leur courage, s'écria : « Ce sont « des braves, ils ont tous mérité la croix. »

M. DE PEZENAS. (*ôtant son chapeau*).

Honneur aux enfants de Paris !

LE PÈRE OUVRAI.

Les Prussiens et les Russes poursuivis et battus encore à Bautzen, furent forcés de venir demander à celui qui fut toujours grand après la victoire, une trève de trois mois. Les hostilités recommencèrent le 15 août. Toute la garde impériale était à Dresde. La fête de l'empereur fut devancée de cinq jours. Le 10, à 6 heures du matin, les régiments de toutes armes se rendirent dans une vaste plaine au-delà de l'Elbe ; à huit heures le canon annonça l'arrivée de l'empereur, accompagné du roi de Saxe, suivi d'un brillant état-major. Ils passèrent dans tous les rangs.

RENAUD.

Quel coup-d'œil imposant et majestueux ! Soixante mille hommes de la garde impériale, tous vieux soldats sortant de différens corps, vinrent défiler devant l'empereur ; l'air retentissait de son nom.

LE PÈRE OUVRAI.

Il était loin de croire que la trahison anéantirait ces vieilles phalanges. Le 11 nous marchions sur Berlin. Mais ayant appris que les Autrichiens attaquaient Dresde, nous revînmes sur nos pas à marche forcée. Les 27 et 28 août ils furent battus ; trente mille hommes faits prisonniers et vingt drapeaux furent le résultat de ces deux journées.

RENAUD.

Oh ! trahison ! Là, un Français parvenu au premier grade, qui avait emporté en exil l'estime de l'armée, fut tué dans les rangs ennemis. Jetons un voile sur son cercueil....

LE PÈRE OUVRAI.

Le 16 octobre, à Leipsick, malgré leur coalition, nous étions maîtres du champ de bataille, et le 18, au moment où l'ennemi allait battre en retraite, quarante mille Saxons qui étaient à la réserve, reçoivent l'ordre de l'empereur d'attaquer les Suèdois, commandés par un soldat sorti de nos rangs et élevé aux premières dignités par Napoléon. Mais les ingrats oublient tout, jusqu'à leur mère patrie !...

Tous les traîtres s'étaient réunis ; les Saxons, si aimés, arrivés en ligne, font volte-face et font feu sur nous.

M. DE PEZENAS.

Oh ! fastes inouis dans l'histoire !

LE PÈRE OUVRAI.

L'empereur se voyant ainsi trahi, ordonna la retraite. Arrivé à Hanau, 60,000 Bavarois, nos alliés, tournèrent leurs armes contre nous, et voulurent nous disputer le passage du pont. Ils payèrent cher leur défection ; nous passâmes sur leurs corps sans les regarder.... (*En tournant la tête avec mépris*).

Vous connaissez tous la campagne de 1814. Si chacun avait exécuté les ordres de l'empereur et fait son devoir, malgré l'Europe coalisée, il n'en échappait pas un , et l'antique Pologne ne serait pas aujourd'hui dans les fers.

M. DE PEZENAS. (*avec énergie.*)

Espérons qu'un jour ce peuple héroïque, ces français du Nord, seront rendus à la liberté !

LE PÈRE OUVRAI. (*continuant.*)

Hélas ! il en fut autrement. Paris fut livré à l'ennemi , par celui qui avait toute la confiance de Napoléon. Se voyant ainsi abandonné , il fut grand dans le malheur comme dans sa splendeur. Il préféra abdiquer plutôt que de voir la guerre civile en France. Quel adieu solennel il nous fit à Fontainebleau. (*Se levant tous et le chapeau à la main.*)

« Adieu, mes braves compagnons d'armes , dans la vic-
« toire comme dans les revers , vous m'êtes toujours res-
« tés fidèles.

« Ces soldats que j'ai couronnés et ceux que j'ai comblés
« de faveurs m'ont abandonné. C'est à vous , hommes de
« cœur et de courage à défendre notre malheureuse patrie ;
« dans mon exil , j'aurai toujours les yeux fixés sur elle ,
« et mes vœux seront pour son bonheur.»

Il pressa l'Aigle sur son cœur, et donna au général Petit l'accolade au nom de tous ses baves. Des larmes coulaient de ses yeux. (*Il s'assied et essuie ses larmes.*)

M. DE PEZENAS.

Il ne lui resta pour le consoler dans l'exil , que les enfants de la patrie , des soldats !

LE PÈRE OUVRAI. (*continuant.*)

Deux jours après, nous partîmes pour l'île d'Elbe. Les fautes de la restauration nous ramenèrent en France. Notre marche ne fut qu'un triomphe jusqu'à Paris ; nos ennemis offensés de notre gloire, vaincus cent fois et cent fois suppliants, firent prendre les armes à leurs peuples, en leur promettant des institutions sages et libérales, promesses oubliées après le danger ! Il fallut de nouveau marcher aux combats.

JANIN.

Les 16 et 17 juin, nous battîmes l'ennemi.

LE PÈRE OUVRAI. (*élevant la voix*)

Le 18, au Mont St. Jean, dès que l'aurore eut ouvert l'orient, et que l'astre brillant du jour eut éclairé le monde, on aperçut les deux armées en présence. Déjà la Victoire, dans son char radieux, planait sur nos couleurs nationales, nos aigles victorieuses du haut de nos étendards convoitaient leur proie et menaçaient ces légions étrangères, nos guerriers brûlaient d'impatience de combattre ces fiers enfants d'Albion.

L'empereur, à la tête de son armée, donne le signal, le canon retentit sur toute la ligne ; nos bataillons, hérissés de baïonnettes, attaquent l'ennemi, celui-ci se replie en masse en arrière, et cherche à éviter le combat. La retraite lui était coupée, la victoire paraissait certaine, mais hélas ! des Français, des traîtres.... Oh ! grand Dieu, toi dont le pouvoir immense créa ce vaste univers, donne-moi la force et le courage d'achever ce récit lugubre et teint de sang (*Ici l'acteur fait un geste de démonstration*).

Vois-tu ce traître passer dans les rangs ennemis? Vois-tu là bas, ces officiers d'ordonnance à cheval, porteurs des ordres sacrés de l'empereur, et les livrer à nos mortels ennemis.... Dieu tout-puissant ! du haut du ciel que l'éclair signale ta colère. Frappe, frappe de ton tonnerre ces tigres altérés du sang de nos malheureux soldats.

M. DE PEZENAS.

Oui, la postérité doit flétrir les traîtres, dans quelque rang qu'ils se trouvent; elle doit frapper d'une main de fer sur ces monstres qui sont la honte de leur siècle.

LE PÈRE OUVRAI.

Partout des lâches, placés de distance en distance, crièrent : *Sauve qui peut!* Leur but fut atteint, le désordre se mit dans l'armée, l'épouvante devint générale; tous cherchèrent à fuir une mort certaine; l'ennemi qui avait le mot d'ordre, profita de cette infernale trahison. Il fondit sur nous; tout fut massacré sans pitié.

Nous restâmes les derniers sur le champ du carnage en bataillons carrés, lorsqu'un général anglais vint nous sommer de nous rendre, un brave répondit :

LA GARDE MEURT, ET NE SE DEND PAS.

M. DE PÊZENAS.

Paroles à jamais immortelles.

LE PÈRE OUVRAI.

Malgré leur nombre, nous n'écoutâmes que notre courage, nous fondîmes sur eux, nous nous frayâmes un chemin en les foulant sous nos pieds; la moitié des nôtres y succomba! mais ils n'eurent que des corps mourans dont les regards menaçaient encore.... et pour la première fois ils osèrent les fixer sans peur.

Ils ne sont plus ces guerriers par le destin trahis !....

Oh! mon pays! Oh! belle France! laisse, laisse couler une larme pour ces martyrs morts pour la patrie!....

RENAUD.

J'ai perdu mon bras dans ces champs de deuil et de carnage, mais de l'autre.... Ils l'ont payé cher.

JANIN.

Et moi aussi; un polisson de boulet vint me démâter de ma jambe.

LE PÈRE OUVRAI.

L'empereur, le cœur nâvré de douleur de tant de lâcheté et de perfidie, s'écria : « Les traitres ! ils ont voulu me pu-
« nir de mes bienfaits et, ils n'ont pas craint de livrer à nos
« ennemis la mère patrie, après avoir fait massacrer ses en-
« fans. »

Il tira son épée et voulut chercher sur le champ de bataille la mort des braves, ainsi qu'il avait vécu, mais on l'en empêcha.

Rentré en France, il abdiqua en faveur de son fils, et fut se livrer avec confiance comme Themistocle, à ses plus grands ennemis, qui l'ont fait mourir à petit feu sur un rocher. (*Avec véhémense et serrant les mains de ses camarades*).

M. DE PEZENAS.

C'est bien, mon brave, d'après les faits historiques que vous venez de citer, père Ouvrai, vous prouvez au monde entier que les Français n'ont succombé que par les élémens et la trahison.

LE PÈRE OUVRAI.

Aussi nos voisins d'outre-mer font pitié en célébrant la victoire qu'ils prétendent avoir remporté à Waterloo. Sans leur guinées et les traîtres qui se sont vendus, ils étaient tous nos prisonniers.

M. DE PEZENAS.

Sandis ! quand on est si pauvre en gain de bataille, il faut bien se parer de quelques lambeaux (*Ils se lèvent*).

JANIN.

C'est bien tapé, M. de Pezenas, vous parlez comme un vieux lapin.

LE PÈRE OUVRAI.

Six blessures honorables que je reçus sur le champ de bataille me firent obtenir ma retraite ; je vins avec mon fils cultiver un petit champ que mon père m'avait laissé à

Choisy ; mon premier soin fut de courir à Saint-Denis voir ma fille, car elle venait de perdre son meilleur protecteur. Je la vis, elle était toujours jolie. Madame la supérieure, qui était pour elle une véritable mére, m'assura qu'elle en aurait les plus grand soins. Satisfait de sa promesse, je lui laissai mon adresse, en cas qu'elle en eût besoin. Mes craintes ne se réalisèrent que trop tôt. Le gouvernement anglais d'alors, qui avait forfait en donnant des fers au lieu de l'hóspitalité au plus grand capitaine du monde, ne tarda pas à s'en débarrasser.

M. DE PEZENAS.

Laissons peser la honte sur ses géoliers, leur barbarie égale la férocité des Carthaginois envers Régulus.

LE PÈRE OUVRAI.

La mort du grand homme vint m'anéantir dans ma paisible retraite. Hélas! il n'était plus (*Il essuie une larme*).

Air : d'Anacréon.

L'affreuxdestin, la fortune ennemie
Ont poursuivi ce héros généreux,
Noble exilé mort loin de ta patrie,
Napoléon ! que tu fus malheureux !
Sur un rocher tu pleurais en silence
A Waterloo tes soldats massacrés·
Viens parmi nous, viens tu verras la France
Jeter des fleurs sur tes mânes sacrés.

M. DE PEZENAS.

Enfin la voix du peuple, qui est celle de Dieu, vient d'être entendue.

RENAUD.

Le gouvernement a proposé aux chambres la translation des cendres du grand homme, et le roi a désigné un de ses fils pour remplir cette glorieuse mission.

LE PÈRE OUVRAI.

Graces lui soient rendues. Enfin, après un si long exil, il viendra reposer au milieu de ses braves. Nous serons fiers de le posséder. Là, du moins, nous contemplerons religieusement les restes inanimés de celui qui tant de fois nous conduisit à la victoire.

M. DE PEZENAS.

Déjà la nation française s'apprête à célébrer avec pompe cette solennité.

LE PÈRE OUVRAI.

Hélas! à sa mort on ne voulut plus de la protégée de Napoléon. Madame la supérieure m'écrivit pour me prévenir qu'on venait de la contraindre de mettre dehors de l'établissement l'Orpheline de la Bérésina. Je fus anéanti à ce coup imprévu. La pauvre enfant! dans l'âge de l'adolescence, au moment de terminer son éducation, on la chassa sans pitié! Quel était son crime? parlez, hommes inhumains, ne craignez-vous pas qu'un Dieu vengeur ne vous accable de sa malédiction.

RENAUD.

Avaient-ils oublié que son père et sa mère avaient versés leur sang pour la patrie.

LE PÈRE OUVRAI

Accablé d'indignation, je vole à Saint-Denis, je prends ma fille adoptive; elle avait alors dix ans. Viens, lui dis-je, fille de la vivandière de la Piava, viens dans la chaumière du vieux soldat, là du moins tu y trouveras protection et sûreté. L'aimable enfant! elle vint embellir mon modeste héritage. Tous les soirs, après mon labour, assis au coin du feu, auprès de mes deux enfants, je leur racontai une page de nos victoires et conquêtes. Un soir que je leur parlais de nos désastres et des trahisons, la pauvre Orpheline, les larmes aux yeux me dit : Mais comment se fait-il, oh! mon père, que ceux qui ont été élevés aux premières dignités par le grand Napoléon, aient pu, les uns l'abandonner, et les autres le trahir, et qu'il n'ait eu pour compagnons d'infortune que des soldats et quelques officiers.

Vois-tu, ma fille, lui dis-je en la pressant sur mon cœur, les soldats, c'est le peuple, c'est la terre, c'est le sol de la patrie ; ils sont attachés à elle, comme le lierre qui s'entrelace à l'ormeau ; aussi ils ne la trahissent jamais, ils savent la défendre et mourir, s'il le faut, pour sa gloire et son indépendance.

M. DE PEZENAS.

Bravo! père Ouvrai, c'est du patriotisme, ou je ne m'y connais pas. Sandis! si c'était moi qui le dise, on pourrait croire que c'est une gasconnade ; mais de votre bouche, c'est du bon français.

LE PÈRE OUVRAI

Sous mes yeux, mon fils et ma fille ont grandi ; le Ciel a protégé la famille du vieux soldat, tout m'a réussi. Aidé de mes deux enfans, j'ai doublé mon petit avoir, lorsque le canon de juillet vint ranimer tout mon courage, en m'annonçant cette belle révolution sans tàche, que la postérité jugera, malgré ceux qui veulent la méconnaître. Quand je vis flotter sur le dôme des Invalides le drapeau qui tant de fois nous avait conduit à la victoire, j'ai cru voir le soleil d'Austerlitz. Je ne pus y résister. Je voulus finir mes jours parmi mes frères d'armes. J'achetai cet établissement, ma bonne Hortense le fait prospérer, et si jamais mon fils revient digne d'elle et de moi, le vieux grenadier du pont d'Arcole mourra content. (*Ici le canon se fait entendre.*)

SCÈNE VIe.

LE PÈRE OUVRAI, RENAUD, JANIN, M. DE PEZENAS, ET LOUISE.

LOUISE (*entre en criant*).

On entend le canon des Invalides.

TOUS ENSEMBLE.

C'est la prise de Constantine !

LE PÈRE OUVRAI (*en portant la main sur son cœur et levant les yeux au ciel*).

Et mon fils n'y était pas !

M. DE PEZENAS (*ôtant son chapeau*).

Vive la jeune armée ! elle est digne de la vieille.

LOUISE (*élevant la voix avec surprise*).

Voilà M. Julien !

SCÈNE VIIe.

LES PRÉCÉDENTS, JULIEN *entre au même instant revêtu de l'uniforme de son corps, avec les insignes de sous-officier, et le sac sur le dos. Il a un bras en écharpe; la croix d'honneur brille sur sa poitrine.*

JULIEN.

Ah ! mon père ! (*Se jetant à son cou, serrant les mains à Renaud et Janin, salue M. de Pezenas, et dit avec empressement*) : Mais où est-elle donc, ma sœur ?

M. DE PEZENAS.

Je vais la chercher. (*Il sort et rentre de suite conduisant par la main Mademoiselle Hortense, coiffée à la Ninon, habillée en blanc, le collier d'or de sa mère à son cou, et la croix de son père attachée au bout. Julien va au-devant d'elle, s'incline en portant la main à son Schakos*).

SCÈNE VIIIe.

LES PRÉCÉDENS ET Mlle. HORTENSE.

HORTENSE (*avec émotion*).

Vous voilà de retour?

JULIEN.

Heureux, Mademoiselle, si je suis digne de vous.

Mlle. HORTENSE.

Toujours, mon bon frère. (*Elle lui donne sa main à*

baiser, Julien et M. de Pezenas la conduisent sur le devant de la scène.)

LE PÈRE OUVRAI.

Mais je n'en reviens pas ; tu étais donc à la prise de Constantine ?

JULIEN (*vivement*).

En as-tu douté un seul instant, mon père ? Le sang du vieux soldat d'Austerlitz ne coule-t-il pas dans mes veines ? Si tu avais vu le courage de nos jeunes soldats, écoute :

Air : *de la Sentinelle.*

L'armée entière, au feu de l'ennemi,
Brûlant d'ardeur, vers la ville s'avance,
En contemplant le drapeau de Valmi,
Les yeux fixés vers notre belle France,
Le canon donne le signal.
Tambour, soldat ou capitaine,
Suivent leur brave général *bis*
Qui, sur la brèche les entraine.

Le brave Combe arrive des premiers ;
La mine éclate et le héros succombe,
Criant encore : « En avant, grenadiers ! »
Il fut atteint de l'éclat d'une bombe !
Nous volons tous sur les remparts,
Criant : « Vengeance ! point de grâce ! »
Malgré le feu de toutes parts, *bis*
Nous sommes maîtres de la place.

TOUS ENSEMBLE.

Vive la jeune France !

JULIEN.

Arrivé sur la grande place, un groupe d'Arabes à cheval nous entoure. D'un coup de carabine, je donnai la mort au chef qui les commandait, je courus sur celui qui portait l'étendard, il fait feu sur moi et me manque. D'un coup de baïonnette, je le renversai de son cheval ; il se releva et courut sur moi comme un lion, son damas d'une main et son étendard de l'autre. Je tirai mon sabre... Au même instant il me porta un coup sur la tête, je le parai avec le bras il me blessa ; alors je le serrai de près et lui passai mon sabre au travers du corps. Il tomba mort à mes pieds ; je me saisis de son étendard, et le portai au jeune prince qui le remit au général, témoin de mon combat. « Tiens, me dit-il en m'attachant la croix des braves, voilà comme la gagnaient nos vieux soldats (*à ce récit Mademoiselle Hortence paraît émue*).

LE PÈRE OUVRAI.

Viens, que je t'embrasse !

JULIEN (*l'embrassant*).

J'ai été désigné pour accompagner l'aide-de-camp du général, chargé de porter les drapeaux pris à l'ennemi, à l'Hôtel des Invalides.

LE PÈRE OUVRAI.

Un jour, tu seras digne d'y entrer.

JANIN.

Peste ! nos conscrits ne vont pas mal. Quand ils auront mangé, comme nous, des marmottes et des Mameloucks à l'ordinaire, on pourra les enrôler dans les vieux lapins.

M. DE PEZENAS.

Je vous l'avais bien dit, père Ouvrai, que votre fils reviendrait digne d'un brave comme vous. Mais, si le général l'a récompensé, c'est à votre tour.

LE PÈRE OUVRAI.

Je vous comprends, M. de Pezenas.

(*Il prend la main de mademoiselle Hortense et celle de son fils, tous les deux mettent un genou à terre, le père, sur la ritonrnelle de l'air suivant, leur donne sa bénédiction. Julien et Hortense se relèvent et chantent l'air suivant.*)

DUO.

JULIEN.

Oh ! mon amie !
Je t'aimerai.

HORTENSE.

Toute ma vie
Te chérirai.

(*Ensemble.*)

Oh ! moment plein de charmes,
L'amour va nous unir ;
Bannissons nos alarmes,
Livrons-nous au plaisir.

HORTENSE.

Jour heureux, plein de charmes,
L'hymen va nous unir,
Désormais plus d'alarmes,
Ne pensons qu'au plaisir.

JANIN.

Nous sommes tous de vieux lapins,
Qui ne craignent pas leurs cabales ;
Nous savons encor les chemins
Pour marcher sur leurs capitales.
Nos drapeaux flottèrent jadis
Sur tous leurs palais à la ronde ;
S'ils retournent dans leur pays,
Ils finiront le tour du monde.

RENAUD.

Dans Rome, j'ai bien déjeuné,
Aux macaronis, au fromage.
Au Caire, j'ai fort bien dîné,
Aux autruches et coquillage.
J'ai bu la goutte dans Berlin.
Dans Vienne que de cruchons vides !
Si j'ai soupé dans le Kremlin,
J'irai coucher aux Invalides.

JULIEN.

Grâce à nos preux, à leurs hauts faits,
La terre entière les révère;
Nos jeunes soldats désormais
Sauront marcher sous leur bannière.
L'Afrique atteste leurs exploits,
Et l'Amérique leur vaillance;
Si le canon gronde une fois,
Tremblez ennemis de la France.

M. DE PEZENAS.

Je tiens de mon père un château.
Tout près des bords de la Garonne;
Je veux vous en faire cadeau,
De grand cœur je vous l'abandonne.
Sandis! Messieurs, n'oubliez pas,
Et vous, mesdames, je vous prie,
D'applaudir Monsieur Pezenas,
Il vous aimera pour la vie.

LE PÈRE OUVRAI (*un drapeau à la main*).

Si l'ennemi venait jamais
Nous attaquer sur nos frontières,
Aux armes! citoyens Français,
Rallions-nous sous nos bannières.
Nous ne voulons plus conquérir;
Mais proclamer l'indépendance
Peuples, venez vous réunir
Au noble drapeau de la France

Mlle HORTENSE. (*au public*).

L'enfant de la Bérésina,
Doit-elle encor perdre espérance?

Messieurs, la crainte qu'elle en a
Doit mériter votre indulgence.
L'auteur et son vieux compagnon
N'ont parlé que d'après l'histoire.

(*Ici le canon se fait entendre, la toile du fond se lève et l'on aperçoit la colonne triomphale*).

Ils ont chanté Napoléon,
Applaudissez à sa mémoire.

(*A droite et à gauche de la colonne sont placés deux pelotons de grenadiers présentant les armes et saluant avec leurs drapeaux*).

Fin de la Pièce.

Marche triomphale.

La troupe qui est à droite et à gauche de la colonne ouvrira la marche, et le chœur chantera les paroles suivantes :

CHOEUR.

De lauriers couvrons les chemins,
Ornons le Temple de Mémoire;
Des fiers vainqueurs des Africains
Fêtons, célébrons la victoire,
Chantons nos braves défenseurs !
De la gloire de la patrie,
Sur leurs pas répandons des fleurs;
Pour nous ils donneraient leur vie.

Ordre de la Marche.

Suivront trois héraults d'armes. Celui de droite portera une bannière entourée de lauriers, sur laquelle est cette inscription : JEUNE ARMÉE D'AFRIQUE ! Celui du milieu portera en trophée les drapeaux pris à l'ennemi, avec une inscription portant ces mots : DRAPEAUX CONQUIS SUR LES ARABES ! Celui de gauche portera une bannière entourée de lauriers, avec cette inscription : HONNEUR AUX VAINQUEURS DE CONSTANTINE ET DE MAZAGRAN !

Après les héraults d'armes marcheront trois jeunes vierges, habillées en blanc, tenant en leurs mains des branches de lauriers et des fleurs qu'elles répandent sur les pas de nos guerriers.

Ensuite marchera un peloton de jeunes soldats sans armes.

Puis, après ce peloton, marcheront trois autres héraults d'armes. Celui de droite portera une bannière entourée de lauriers, avec cette inscription : ARMÉE NAVALE D'AMÉRIQUE. HONNEUR AU BRAVE AMIRAL BAUDIN! Celui du milieu portera en trophée des drapeaux pris sur les Mexicains Le troisième portera également une bannière entourée de lauriers, avec cette inscription: HONNEUR AUX BRAVES OFFICIERS ET MARINS VAINQUEURS DU FORT SAINT-JEAN D'ULLOA ! Aprés, suivront

Trois jeunes vierges, aussi vêtues en blanc, tenant en leurs mains des branches de lauriers et des fleurs qu'elles répandent sur les pas de nos marins.

Ensuite marchera un peloton de jeunes marins sans armes.

Viendront aprés trois héraults d'armes. Celui de droite portera une bannière entourée de lauriers, surmontée d'une couronne sur laquelle est inscrit : GLOIRE AUX VAINQUEURS DE L'ARMÉE D'ITALIE! Celui du milieu portera aussi une bannière entourée de lauriers, avec cette inscription : VIEILLE ARMÉE! Celui de gauche, portant également une bannière entourée de lauriers, surmontée d'une couronne, sur laquelle est inscrit : GLOIRE AUX VAINQUEURS DE L'ARMÉE DU NORD ! Trois jeunes vierges, vêtues en blanc, suivront, tenant en leurs mains des couronnes de lauriers; celle du milieu portera une corbeille remplie de fleurs qu'elle répandra sur les pas de nos vieux soldats ; ensuite marchera un peloton d'invalides Viendront après deux rangs de jeunes orphelines, habillées en blanc, et portant des corbeilles remplies de fleurs qu'elles répandent sur leurs pas, avec une bannière où sont inscrits ces mots : ORPHELINES DE LA LÉGION-D'HONNEUR! Elles auront en sautoir un ruban moiré de la Légion.

Après marcheront trois petits Amours tenant enchaînés par des guirlandes de fleurs, Julien, l'orpheline de la Bérézina, et le père Ouvrai; Hortense au milieu, Julien et le père Ouvrai la tenant par la main.

Le cortége sera fermé par la Victoire sur un char radieux, tenant à la main gauche un étendard portant cette inscription : LA FRANCE ÉCLAIRE L'UNIVERS ! Au-dessus, pour symbole, un soleil éclatant surmonté du coq gaulois, représentant la Vigilance, et dans sa main droite, des couronnes de lauriers.

Quand le cortége aura fait le tour du théâtre, il viendra se placer à droite et à gauche de la colonne; le char se placera devant, Le chœur cessera de chanter, et la Victoire haranguera l'armée ainsi qu'il suit :

LA VICTOIRE.

« Vieille Armée, Vénérables Guerriers blanchis sous les armes,
« vous qui, par d'honorables blessures, reposez dans l'asile des bra-
« ves, oh! que ne puis-je dérouler ici l'immence et glorieux tableau
« de vos victoires ! Immortels Guerriers, la France est fière de vous
« posséder ! elle contemple avec orgueil ces fronts victorieux !

« Et vous, Jeunes Soldats, Marins intrépides, qui marchez sous ces
« bannières, vous tous, phalanges invincibles, dont j'aperçois de toute
« part les trophées, dont j'entrevois dans l'avenir les nouveaux lau-
« riers, approchez et recevez les couronnes triomphales que la Nation
« Française mérite que j'attache à ces drapeaux ! »

Quand elle aura terminé sa harangue, le canon se fera entendre, le chœur reprendra de nouveau, les heraults d'armes marcheront en ordre et viendront recevoir de la Victoire les couronnes triomphales, et reprendront leurs rangs.

Viendront à leur tour recevoir de la Victoire, le père Ouvrai, une couronne d'immortelles; l'Orpheline, une couronne de roses blanches, et Julien une couronne de laurier Ils traverseront au milieu du cortége, qui jettera des fleurs sur leurs pas, se placeront sur le devant du théâtre, toujours accompagnés des petits Amours ainsi que des jeunes Orphelines, et viendront saluer le public. Le chœur cesse.

Au même instant, le fond du théâtre s'ouvre et laisse apercevoir le Temple de Mémoire, qui sera éclairé, ainsi que la colonne, par des feux de Bengale.

Ici, le bruit du tam-tam doit se faire entendre, ainsi que le son des trompettes annonçant la Renommée qu'on aperçoit à la hauteur de la colonne, posant sur la tête de l'Empereur une couronne de lauriers. Tout le cortége s'incline et l'Orpheline met un genou en terre.

(La toile tombe.)

FIN.

ERRATA.

Page 11, ligne 29, au lieu de assassinats
— lisez : *assassinat.*
Page 13, ligne 26, au lieu de épéo
— lisez : *épée.*
Page 25, ligne 5, au lieu de Anibal
— lisez : *Annibal.*

Impr. de J. DELACOUR, rue de Sèvres, 94. — Vaugirard.

www.ingramcontent.com/pod-product-compliance
Ingram Content Group UK Ltd.
Pitfield, Milton Keynes, MK11 3LW, UK
UKHW020326220726
13923UKWH00003B/1390